AF503533

DISCOURS

PRONONCÉ

DANS LA SÉANCE DU 25 NOVEMBRE 1883

PAR M. LE Dr LAPEYRE

PRÉSIDENT

DE LA SOCIÉTÉ ACADÉMIQUE DE NANTES ET DE LA LOIRE-INFÉRIEURE

NANTES,
Mme Vve CAMILLE MELLINET, IMPRIMEUR DE LA SOCIÉTÉ ACADÉMIQUE,
Place du Pilori, 5.
L. MELLINET ET Cie, SUCCrs.

1883

DISCOURS

PRONONCÉ

DANS LA SÉANCE DU 25 NOVEMBRE 1883

PAR M. LE Dr LAPEYRE

PRÉSIDENT

de la Société académique de Nantes et de la Loire-Inférieure.

MESSIEURS,

C'est pour moi un périlleux honneur de porter la parole en cette séance solennelle, devant une si nombreuse et si brillante compagnie; je le sens d'autant mieux que je suis moins préparé par mes occupations habituelles à cette épreuve redoutable. Eloigné des travaux purement littéraires qui, plus que tous les autres, pourraient vous intéresser, je suis ramené par une pente toute naturelle à des questions plus en harmonie avec la direction de mes études, et puisqu'il m'est permis de choisir, je vais, si vous le voulez bien, philosopher un peu avec vous et philosopher librement en vous parlant de ce que nous savons à l'heure actuelle, un peu aussi de ce que nous ignorons, sur les rapports de la physiologie et de la psychologie.

Messieurs, et vous surtout Mesdames, ne vous effrayez pas

à l'avance d'un pareil sujet. Je n'aborderai ces graves questions, réservées d'ordinaire aux philosophes, que par le côté le plus accessible et le moins abstrait.

La physiologie a fait depuis un demi siècle d'immenses progrès; en ce qui concerne les relations de cette science avec la psychologie, d'éminents observateurs se sont appliqués à les déterminer, et je parle ici de ceux qui n'ont eu pour but que la recherche de ce qui est vrai, en dehors de tout système, aussi éloignés de prétendre que la pensée est indépendante du cerveau que d'affirmer, suivant une formule célèbre, qu'elle est une simple sécrétion de cet organe.

En effet, si spiritualiste que l'on soit, on est bien forcé de reconnaître que le cerveau est l'organe de la pensée et de l'intelligence, plus encore, qu'il y a un certain rapport entre les conditions matérielles du cerveau et le développement des facultés intellectuelles ; tout concourt à le prouver : au-dessous d'un certain poids, le cerveau n'est plus apte à fonctionner, l'intelligence disparaît ; par contre, de nombreux exemples ont montré que le cerveau des hommes supérieurs est en général d'un poids au-dessus de la moyenne ; on a cité à ce propos le cerveau de Cromwell, celui de Byron, celui de Cuvier et beaucoup d'autres dont plusieurs, il est vrai, pourraient bien n'être pas très authentiques.

Les recherches poursuivies dans ce sens ont fourni encore quelques résultats curieux : ainsi, le poids du cerveau va en augmentant jusqu'à quarante ans, pour diminuer ensuite ; il est moindre chez les femmes, ce qui serait en rapport, a-t-on dit peu galamment, avec l'infériorité de leur culture intellectuelle, mais ce qui pourrait aussi bien tenir au moindre développement de leur taille.

Du reste, Messieurs, sans aller si loin, en se bornant à l'étude des différences intellectuelles que produit simplement la différence de l'éducation, on arrive à des résultats qui confirment les précédents et qui, de plus, nous montrent que, comme les muscles, comme tous les organes, le cerveau se développe par l'exercice. M. Broca nous en a donné la preuve directe en mesurant comparativement le diamètre de la tête chez les infirmiers de Bicêtre, pris pour exemple de la classe illettrée, et chez les internes de cet établissement considérés comme représentant la catégorie des hommes qui, après avoir reçu une instruction assez complète, continuent à cultiver leur esprit; eh bien, dans l'ensemble, le volume de la tête a été trouvé beaucoup plus grand chez les internes que chez les infirmiers, et la prédominance s'est surtout accusée dans les lobes frontaux qui sont plus spécialement affectés aux facultés intellectuelles et qui sont surtout mis en jeu par le travail de l'esprit.

D'un autre côté, l'anthropologie nous montre les parties antérieures et postérieures du crâne développées en sens inverse dans les races humaines, suivant qu'il s'agit de races supérieures ou de races inférieures.

Toutefois, dans ce genre de recherches, il faut bien l'avouer, Messieurs, que de difficultés, que de chances d'erreur! Aussi les résultats obtenus, soit en mesurant le crâne, soit en pesant le cerveau, ont été fort contestés et sont, en effet, fort contestables. Dans toutes ces observations, on a mesuré, on a pesé ensemble les deux substances du cerveau, la grise et la blanche, dont la première seule est agissante et seule importe, tandis que l'autre sert de soutien et d'élément de transmission; et à côté de cette considération, il y en a une autre bien supérieure, celle de la qualité de la substance nerveuse que rien ne nous permet d'apprécier, car on ne peut attacher une grande importance à la richesse du tissu cérébral en phosphore, quoique le phosphore soit devenu pour quelques-uns le principe excitateur de l'élément nerveux, le grand agent de la pensée et de l'intelligence.

Les difficultés que nous avons signalées tiennent-elles, Messieurs, comme on l'a dit, à ce qu'on a toujours considéré le cerveau en bloc, au lieu d'y voir une réunion d'organes distincts ?

Il y a certainement dans le cerveau des parties plus nobles consacrées à l'exercice des plus hautes facultés à côté de parties plus grossières consacrées aux fonctions de la vie organique. Peut-on séparer ces diverses parties et les rattacher à autant de facultés correspondantes ? La première tentative de ce genre a été faite par Gall ; elle est connue sous le nom de méthode phrénologique, mais le principe des localisations cérébrales, juste en lui-même, a été compromis par l'application absurde que Gall lui a donnée. Ce savant admettait un rapport constant entre le développement de certaines régions de l'encéphale et celui de certaines facultés, et comme il croyait, ce qui est absolument faux, que la configuration extérieure du crâne représente exactement la surface du cerveau, il prétendit que les saillies et les enfoncements qu'on y voit donnent des renseignements précis sur les tendances intellectuelles ou morales du sujet examiné. Ces affirmations, il faut bien le dire, n'étaient fondées sur rien de sérieux : la phrénologie mettait aussi bien à contribution des bustes d'Homère, des portraits de Moïse ou de Saint-Antoine, que la tête d'un homme illustre, d'un criminel fameux ou d'un animal aux instincts les plus extrêmes.

Il est bien probable au reste que Gall lui-même n'attachait qu'une foi médiocre à sa doctrine. « Un jour qu'il professait » à l'Athénée (car il était venu habiter Paris), devant un » auditoire enthousiaste où les femmes étaient en nombre, il » s'avisa de dire que les femmes ont très développée la bosse » de l'entêtement. (Cette bosse est située, selon les phréno- » logues, sur le haut de la tête, partie très accentuée chez le » mouton, animal têtu.) Grand émoi dans l'auditoire, rires

» et murmures. Gall s'informe et, s'excusant sur son peu » d'habitude de la langue française : Ce n'est pas la bosse » de l'entêtement, dit-il, je voulais dire la bosse de la cons- » tance. On applaudit à tout rompre. C'est là, ajoute » M. Paul Bert à qui j'emprunte cette anecdote, l'un des plus » grands succès de la méthode phrénologique. »

Toutefois, si l'application que Gall avait faite de la doctrine des localisations cérébrales a été justement condamnée, le principe n'en reste pas moins entier et a été reconnu pour vrai dans une certaine mesure. On sait dès aujourd'hui que le cerveau est un organe complexe dont les diverses parties ont des rôles distincts, quoique sur bien des points une détermination rigoureuse n'ait pas encore été faite ; on est d'accord que des deux substances du cerveau, c'est la plus extérieure, la substance grise, qui est l'organe de la pensée ; qu'il y a des sièges différents, soit pour la sensibilité, soit pour le mouvement, soit pour la faculté du langage ; mais si ces faits sont bien acquis, on n'a pu jusqu'à présent aller au-delà, ni démontrer la dissociation des facultés intellectuelles, morales ou affectives ; pourtant, à ce dernier point de vue, l'observation de ce qui se passe dans la folie donne beaucoup à réfléchir : ici, en effet, on peut souvent surprendre les facultés dans une sorte d'isolement, voir l'une persister, l'autre disparaître ; tantôt c'est la mémoire qui survit seule à la perte des autres facultés, tantôt c'est le raisonnement qui continue de s'appliquer à des idées fausses avec une rigoureuse logique ; presque jamais le *moi* n'est altéré ou éteint d'une manière complète, contrairement à cette opinion si répandue et si fausse que l'aliéné est incapable d'opérer certains actes qui exigent le concours de la perception, de la mémoire, de l'attention et du jugement. Que si l'on reprochait à la doctrine des localisations cérébrales de tendre à détruire l'unité du *moi* en soulevant la pluralité des organes cérébraux, on pourrait demander en quoi il importe que ces localisations que tout le monde est forcé d'admettre, au moins pour certains faits, soient plus ou moins générales.

Que dire encore des circonstances où le travail cérébral est en quelque sorte latent, où la pensée est inconsciente, où l'organisme abandonné à lui-même va tout seul, automatiquement. Cette théorie de l'automatisme qui a servi à Descartes à montrer les animaux obéissant comme de simples machines aux impulsions reçues et traduisant par des mouvements réguliers les impressions venues du dehors, cette théorie s'applique à l'homme lui-même. La découverte des actions réflexes nous a livré le mécanisme de ces phénomènes si singuliers en apparence, en nous faisant voir comment certains groupes de cellules nerveuses ont la propriété de transformer les sensations en mouvements.

Des actes d'abord volontaires peuvent devenir absolument réflexes et involontaires. Avec quelle peine, quelle lenteur l'enfant apprend à exécuter un à un les mouvements nécessaires pour marcher, avant d'obtenir que ces mouvements s'exécutent d'eux-mêmes, sans que sa volonté ait besoin d'y prendre part. Plus tard ce mécanisme ira tout seul, et l'esprit pourra s'en désintéresser et s'occuper d'autres soins.

Bien avant que les physiologistes eussent expliqué par l'action réflexe cette sorte de dualisme organique, les philosophes en avaient pressenti l'existence, et le spirituel auteur du *Voyage autour de ma chambre* avait répandu sa douce malice dans les distractions de *l'autre*, comme il appelle *la bête* par opposition à l'âme.

Quel délicieux chapitre que celui où Xavier de Maistre raconte comment un jour qu'il s'acheminait pour aller à la Cour, après avoir peint toute la matinée, son âme se plaisant à méditer sur la peinture, laissa le soin à la bête de le transporter au palais du roi. Et pendant que son âme, ravie du bonheur du peintre qui sait exprimer dans ses ouvrages les effets sublimes de la nature, se perdait dans d'idéales contemplations, *l'autre* allait son train, et Dieu sait où elle allait ! Au lieu de se rendre à la Cour, comme elle en avait reçu l'ordre, elle dériva tellement sur la gauche, qu'au moment où l'âme la rattrapa, elle était à la porte de Mme de Hautcastel, à un demi mille du Palais-Royal ; et que serait-il arrivé si elle était entrée toute seule chez une aussi belle dame ?

Messieurs, nous pourrions trouver encore, dans le livre de Xavier de Maistre, plus d'une fine boutade à l'adresse des métaphysiciens ; mais laissons à l'analyse physiologique le soin de montrer comment en maintes circonstantes l'activité cérébrale peut être involontaire et inconsciente.

Dans le sommeil, des idées associées avec plus ou moins de suite s'enchaînent et se succèdent et persistent si bien au réveil qu'il est quelquefois difficile de faire la part de ce qu'elles renferment de réalité ou d'illusion. Parfois la mémoire et l'imagination atteignent un haut degré de puissance. Des faits oubliés, des impressions fugitives restées inaperçues peuvent surgir de nouveau avec une extraordinaire netteté. Je n'en connais pas d'exemple plus remarquable que l'histoire de cette jeune fille de vingt-cinq ans, ignorante au point de ne savoir pas même lire, qui, devenue malade, récitait d'assez longs morceaux de latin, de grec et d'hébreu. En allant aux informations, on sut que dès l'âge de neuf ans, elle avait été recueillie par son oncle, pasteur fort savant, qui avait l'habitude, en se promenant, de répéter des fragments de latin, d'hébreu et de grec ; en consultant ses livres, on y trouva mot pour mot les passages récités par la malade.

Le somnambulisme naturel ou provoqué permet mieux encore de constater l'automatisme dont nous parlons.

Il est des personnes qui, sans se réveiller, se lèvent,

marchent, écrivent, accomplissent les actes les plus compliqués, et cela sans autres perceptions extérieures que celles qui sont précisément en rapport avec l'idée première qui les dirige. Le même état peut être provoqué chez des personnes nerveuses par des moyens divers, comme les *passes* des magnétiseurs, la contemplation prolongée d'un objet brillant tenu près des yeux et regardé fixement, l'action d'une vive lumière ou d'un son intense. Les expériences et les leçons de M. Charcot ont jeté un jour tout nouveau sur ces intéressantes questions. On peut obtenir facilement chez certains sujets l'état cataleptique, c'est-à-dire l'immobilisation prolongée d'une partie du corps ou même du corps tout entier : le sujet est comme fasciné, inerte, l'œil largement ouvert, fixé sur la lumière qu'on lui présente ; il peut conserver l'attitude qu'on lui imprime et garder pendant longtemps une position qu'il aurait même peine à prendre à l'état normal. Il semble avoir perdu toute communication avec le monde extérieur. Mais sous l'influence de certaines excitations, ou comme on le dit, de certaines suggestions, le sujet jusque-là immobile, peut entrer dans une seconde phase qui se rapproche davantage du somnambulisme : si on l'appelle, il se dirige, même les yeux fermés, vers l'interrupteur ; on peut le faire écrire, coudre, exécuter différents actes avec autant de précision que dans l'état de veille, quelquefois avec plus de vivacité.

C'est là, comme vous le voyez, Messieurs, un excellent moyen d'étudier l'association des sensations aux mouvements, des sensations aux idées, des idées aux mouvements. Le somnambule, isolé du monde extérieur, laisse conduire sa volonté par celui qui la met en jeu et passe docilement par les sensations et les idées qu'on lui suscite. Ces faits sont le triomphe des charlatans qui leur attribuent une origine surnaturelle et qui ne peuvent que malaisément être convaincus d'imposture, à cause de la difficulté de distinguer la vérité de la simulation.

Mais au moins, Messieurs, nous savons aujourd'hui nous rendre compte d'un grand nombre de ces phénomènes, qui ont passé autrefois pour merveilleux et inexplicables ; nous connaissons l'influence d'une longue contemplation sur la production de l'extase et de ses visions ; nous comprenons les mystérieuses pratiques de ces ascètes, de ces fakirs de l'Inde, de ces moines chrétiens du mont Athos, passant des heures entières, le regard fixé obstinément sur quelque objet déterminé ou sur un point imaginaire de l'espace.

Pour le médecin et le psychologue, ces études et ces expériences ont un grand intérêt : elles permettent de mieux comprendre certaines névroses extraordinaires et de soulever le voile qui couvrait les mystères du magnétisme. Mais il convient de le dire hautement, ces tentatives ne sont pas toujours sans inconvénients ; il n'est pas indifférent de provoquer des accès et des crises chez certaines personnes nerveuses, et l'on s'exposerait, comme on l'a dit avec raison, à fabriquer par ce moyen des somnambules et des hystériques; et si l'on tient compte en outre de l'esprit d'imitation toujours si prompt à s'éveiller et de la contagion si dangereuse de l'exemple, on proscrira ces expériences, tout au moins lorsqu'elles s'étalent en public. Ce ne sont pas là de vaines craintes : l'histoire des démoniaques, des convulsionnaires, le procès d'Urbain Grandier, les désordres occasionnés au siècle dernier par Mesmer et ses adeptes, démontrent assez le danger de ces pratiques.

Maintenant il me faut, Messieurs, abandonner ces questions qui sont à l'ordre du jour, mais qui m'entraîneraient trop loin, pour n'en retenir qu'un fait, important par dessus tout pour le physiologiste, c'est ce fait qu'il y a dans les centres nerveux des mécanismes tout montés qui peuvent fonctionner seuls, en dehors de la volonté, sous l'influence des impressions extérieures. La volonté peut d'ailleurs également les mettre en jeu ; mais le travail accompli laisse sa trace dans le système nerveux : il est aussi vrai que l'intelligence agit sur le cerveau qu'il est vrai que le cerveau agit sur l'intelligence et détermine plus ou moins nos inclinations et nos passions. Ce dernier point, personne aujourd'hui ne le conteste ; on ne conteste pas davantage l'influence de l'hérédité : on la voit s'appliquer aux facultés intellectuelles, morales et affectives aussi bien qu'aux caractères extérieurs. Il semble même que les qualités morales et les instincts sont plus nettement transmissibles que les facultés intellectuelles. Rien n'est en effet héréditaire comme le sens moral, la ténacité, le courage, le sentiment de la propriété, l'économie, le sens des arts et de l'architecture, rien, si ce n'est la propension aux vices, au vol, au crime ; par une sorte de justice supérieure, les bonnes et les mauvaises qualités des parents ont de la tendance à se perpétuer chez les descendants. Le libre arbitre, hâtons-nous de le dire, n'en est pas compromis, puisque si les instincts sont liés à l'organisation, il dépend de la volonté de les modifier.

Ce serait donc à tort qu'on accuserait la doctrine de l'innéité des instincts de conduire au matérialisme, car elle n'est pas plus contraire au spiritualisme que toute autre doctrine physiologique. « Au surplus, comme l'a écrit » excellemment M. Bersot, il n'y a de spiritualistes et de » matérialistes qu'en action. Celui qui ne songe qu'à vivre » et à jouir, à vivre de la vie du corps et à jouir des plaisirs » du corps, celui-là est un matérialiste, quand même il affir- » merait que la matière et l'esprit sont absolument contraires » et que lui, il est un esprit ; mais celui qui recherche les » biens de l'âme, la vérité, l'amour et la justice, celui-là est » un spiritualiste, quand même il professerait que l'esprit est

» un mot. Sans doute il est inconséquent et cela est regrettable ; sans doute aussi il risque d'avoir des disciples plus » conséquents, qui mettront leur conduite d'accord avec » leur croyance ; on fait bien de le rappeler à la raison et à » la logique ; nous demandons seulement qu'on ne l'appelle » pas matérialiste, car ce serait injuste. Accomplissons notre » devoir avec fermeté et en même temps avec un grand » ménagement pour nos adversaires : si l'on est répréhensible pour s'être trompé, on est respectable pour avoir » cherché. Quelle pitié de voir des gens qui croient que » tout est vanité, excepté le plaisir et la fortune, instrument » du plaisir, quelle pitié, dis-je, de voir ces gens traiter de » matérialiste un pauvre savant, un courageux philosophe » qui traverse ce monde à la poursuite d'un bien invisible et » qui a été déçu par l'expérience trompeuse ou s'est égaré » dans ses méditations ! »

Ces paroles ne seront pas suspectes venant d'un éminent penseur dont voici la conclusion : « Le matérialisme abaisse » l'homme, le spiritualisme le relève ; le matérialisme isole » et désole, le spiritualisme nous donne ce qu'il y a de » meilleur au monde, l'union dans la vie et la confiance de » se retrouver après la mort ; cette affection et cette espérance sont souvent toute notre fortune : elles embellissent » les jours heureux et quand le malheur est venu, elles » veillent près de notre foyer. »

Pour résumer, Messieurs, ce qui précède, en nous bornant aux connaissances positives que nous possédons sur les rapports qui existent entre l'intelligence et ses instruments, nous savons dès aujourd'hui que les hémisphères cérébraux sont les organes immédiats par lesquels l'esprit agit sur le corps, lui commande, le dirige. Nous savons encore que c'est aux cellules de la substance grise qu'est dévolu ce rôle capital ; toute lésion de ces parties retentira sur l'intelligence, c'est là ce que nous savons de positif ; quant à analyser les opérations du cerveau et à nous faire voir comment ces opérations sont liées au résultat final qui est la pensée, les physiologistes ne le peuvent encore et ils ont même quelque tendance à se désintéresser de ces questions pour les laisser aux psychologues.

C'est qu'un certain nombre de savants et des plus illustres pensent qu'on ne peut connaître que les causes secondes, c'est-à-dire celles qui déterminent la production d'un phénomène, et qu'on ignore fatalement les causes premières, c'est-à-dire la nature même de l'agent par qui le phénomène est produit. Newton a dit quelque part que celui qui se livre à la recherche des causes premières donne par cela même la preuve qu'il n'est pas un savant. En effet, cette recherche reste stérile parce qu'elle pose des problèmes qui sont inabordables au moyen de l'expérimentation. Mais l'esprit humain ne veut pas être condamné à ne connaître que des faits et des lois, et ces questions, insolubles jusqu'à présent pour les physiologistes, sont justement celles que les philosophes poursuivent avec plus d'ardeur depuis des siècles, sans réussir à augmenter le patrimoine que nous ont laissé à cet égard les grands génies de l'antiquité. En effet, tandis que les sciences biologiques, faibles d'abord, ont grandi peu à peu, puis tout à coup, en notre âge, ont pris un immense essor, les sciences métaphysiques, au contraire, parvenues presque d'emblée à leur apogée, semblent être restées stationnaires, comme si l'homme avait d'un coup et dès les premiers temps appris le peu qu'il sait sur ce point.

« Dans le plus beau peut-être de ses dialogues, dit M. Paul » Janet, qui a écrit avec talent et autorité sur ces questions, » Platon, après avoir mis dans la bouche de Socrate une » admirable démonstration de l'âme et de sa vie future, fait » parler un adversaire qui demande à Socrate si l'âme ne

» serait pas semblable à l'harmonie d'une lyre, plus belle, » plus grande que la lyre elle-même, et qui, cependant, » n'est rien en dehors de la lyre, se brise et s'évanouit avec » elle. — Ainsi pensent, ajoute M. Janet, ceux pour qui » l'âme n'est que la résultante des actions cérébrales ; mais » qui ne voit qu'une lyre ne tire pas d'elle-même et par » sa propre vertu les accords qui nous enchantent et que » tout instrument suppose un musicien : l'âme est ce musicien » et le cerveau est l'instrument qu'elle fait vibrer. »

Ainsi la philosophie spiritualiste n'est pas arrêtée comme la physiologie ; elle a des raisons qui lui sont propres pour affirmer que l'âme n'est pas le cerveau ; quant à la science positive, doit-elle toujours rester muette devant ces graves problèmes ? Ou bien sera-ce, comme on s'est plu à le dire, la question du vingtième siècle ? Déjà nous avons vu nos méthodes de recherches profondément modifiées, nos investigations poussées plus loin qu'on n'aurait pu s'y attendre ; il est difficile de prévoir ce que l'avenir, en ce sens, nous réserve. « Au XVIIe siècle, dit M. Th. Ribot dans son *Etude » psychologique sur l'hérédité,* la question de l'union de » l'âme et du corps s'est posée sous une forme qui la rendait » inaccessible. C'était un problème de métaphysique. On » reconnaissait deux substances, le corps et l'esprit, entre » elles un abîme ; tous les caractères s'opposaient un à un, » puis, comme il est naturel, on se trouvait incapable de » réunir ce qu'on avait si bien désuni. Du jour où les progrès » de la physiologie ont montré que le système nerveux est la » condition physique des phénomènes moraux, que toute » variation de l'un est liée à une variation de l'autre, les » recherches sur la corrélation du physique et du moral ont » eu un lien solide, parce qu'elles ont pu s'appuyer sur quelque » chose qui est le corps tout en étant l'instrument de l'âme. » Ainsi s'explique l'invasion toujours croissante de la névro- » logie dans la psychologie. »

Applaudissons, Messieurs, à cette alliance préparée par tant de bons esprits. Aujourd'hui, la voie est nettement tracée ; ces recherches une fois commencées ne s'arrêteront plus ; substituer à de vagues aperçus la clarté et la précision, c'est la science ; si sa marche nous paraît lente, c'est que notre vie est bien courte, mais que de chemin parcouru depuis un siècle ! Le progrès éclate en notre temps avec une force extraordinaire ; il emporte hommes et choses, et sur des ruines inévitables, il édifie un monde nouveau ; saluons ces conquêtes de la raison moderne et souhaitons-lui de rencontrer enfin ce qu'elle aime par dessus tout, la vérité.

IMP. DE Mme Ve CAMILLE MELLINET, PL. DU PILORI, 5. L. MELLINET ET Cie, SUCCrs.

www.ingramcontent.com/pod-product-compliance
Ingram Content Group UK Ltd.
Pitfield, Milton Keynes, MK11 3LW, UK
UKHW021153230726
13926UKWH00001B/93